銀河鐵道之夜

宮澤賢治——著
Miyazawa Kenji

要求很多的餐館

兩位打扮得跟英國士兵一模一樣的年輕紳士，扛著擦得亮晶晶的獵槍，帶著兩隻白熊般的大狗，把偏遠深山裡的落葉踩得沙沙作響，念念有詞地沿著小徑往下走。

「這座山肯定有問題，居然連一隻鳥、一頭野獸也沒有。隨便什麼動物都好，趕快出來讓我砰砰地射個幾槍吧！」

「要是能朝著小鹿黃色的肚子打進兩、三發子彈，那才叫痛快呢！小鹿肯定會暈頭轉向地轉幾圈，啪嗒一聲倒下去。」

在這個前不著村、後不著店的深山裡，負責帶路的專業獵戶竟然也不知所蹤。

再加上這座山實在太陰森，連那兩隻白熊般的狗也同時昏倒在地，嚎叫了好一會兒，口吐白沫地昏死過去。

「不瞞你說，我損失了兩千四百圓。」其中一位紳士試著翻開狗的眼皮說。

「我損失了兩千八百圓。」另一位紳士心有未甘地歪著脖子。

第一位紳士的臉色有些不太好看，直勾勾地盯著另一位紳士的臉說：

「我要回去了。」

「我覺得又冷又餓，我也想要回去了。」

「那今天就到此為止吧！等一下在回去的路上，順便在昨天住的旅館花十圓買幾隻野鳥回去交差了事好了。」

「那裡也有賣兔子呢！反正結果都一樣。我們回去吧！」

傷腦筋的是，他們不曉得該往哪個方向走。

風呼呼地吹來，草沙沙作響，樹葉發出窸窸窣窣的聲音，樹幹也叩咚叩咚地喧鬧著。

「肚子好餓。而且從剛剛開始，我的肚子就痛得不得了。」

「我也是，不想再往前走了。」

「不想走了。啊，真傷腦筋，好想吃點東西。」

「好想吃東西啊！」

兩位紳士在沙沙作響的芒草叢裡你一言、我一語地說。

這時，不經意地回頭一看，赫然發現一棟蓋得富麗堂皇的西洋建築。

門口掛著這樣的招牌——

RESTAURANT

西餐廳

WILDCAT HOUSE

山貓軒

「瞧，真是天無絕人之路。這裡可不容易找到這種店呢！要不要進去看看？」

「對呀！把店開在這種鬼地方還真奇怪。不管怎樣，只要有東西吃就好。」

「一定會有的，招牌上不是都這樣寫了嗎？」

「那就進去吧！再不吃點東西就要餓昏了。」

兩人站在門口，由白色磚塊打造而成的入口看起來氣派非凡。

眼前有一扇玻璃門，門上以燙金的字體寫著：

歡迎所有人入內，千萬不要客氣。

兩人開心地說：「你看，果然天無絕人之路！今天一整天雖然諸事不順，總算遇上好事了。這裡雖然是間餐廳，但是看樣子好像是要免費招待我們用餐！」

「好像是耶，叫我們千萬不要客氣就是這個意思。」

兩人推開門走進去，一條長廊映入眼簾。那扇玻璃門的背面用金色的文字寫著：

特別歡迎胖子與年輕人。

兩人看到「特別歡迎」這四個字又更開心了。

「瞧，我們符合特別受歡迎的條件耶。」

「因為我們又胖又年輕嘛。」

兩人沿著走廊往前，看到一扇漆成水藍色的門。

「這棟房子好奇怪，怎麼會有這麼多扇門啊？」

「這是俄羅斯風格的房子，蓋在寒冷的地方或山裡面的房子都是這樣的。」

兩人正打算推開那扇門時，發現門上用黃色的文字寫著：

本店是間要求很多的餐廳，請多多包涵。

「還真跟得上時代呢！明明開在這樣的深山裡。」

「這有什麼，你沒看見東京的大餐廳很少開在大馬路旁嗎？」

兩人邊說邊推開那扇門，只見門的背面寫著：

要求真的很多，還請各位忍耐一下。

「這到底是怎麼回事？」其中一位紳士板起臉來。

「嗯，我想這句話應該是指因為要求太多，需要時間準備，請見諒的意思。」

「大概是吧！但我好想趕快進到屋子裡。」

「希望可以趕快坐在餐桌前。」

只可惜事情沒這麼快結束，因為眼前又有另一道門。門的旁邊有一面鏡子，鏡子底下放著一把長柄的刷子。

門上以紅色的文字寫著：

請各位客人在這裡把頭髮梳好，將鞋子上的泥巴刷乾淨。

「這是應該的。我剛才在門口還想說不過是開在深山裡，真是小看了這家店呢！」

「這家餐廳的作風真是嚴謹，想必經常有政商名流光顧。」

於是兩人便將頭髮梳整齊，刷掉鞋子上的汙泥。

這下總行了吧！沒想到才剛把刷子放回去，刷子竟然逐漸模糊，接著憑空消失，一陣冷風吹進屋子裡。

兩人大吃一驚，緊挨著彼此，用力把門推開，走進下一個房間，心裡同時浮現一個念頭——再不趕快吃點熱呼呼的食物恢復體力，只怕就要倒地不起了。

但是門的背面又出現了奇怪的要求：

請把獵槍和子彈放在這裡。

旁邊有張黑色的桌子。

「說得也是，背著獵槍吃飯也太不成體統了。」

「對呀！肯定是經常有了不起的大人物前來光顧。」

兩人解下獵槍及背帶，放在桌子上。

眼前又是一道黑色的門。

請脫下帽子、外套和鞋子。

「怎麼辦？要脫嗎？」

「沒辦法了，脫吧！裡頭肯定來了非常了不起的政商名流。」

兩人將帽子和外套掛在鉤子上，脫下鞋子，光著腳啪嗒啪嗒地穿過那扇門。

門的背面寫著：

請把領帶夾、袖釦、眼鏡、錢包、其他金屬類的物品，尤其是尖銳的東西全都放在這裡。

門旁邊有個漆成黑色的氣派保險箱，已經敞開著恭候他們，還附了鑰匙。

「哈哈！看樣子是有什麼菜在烹調的時候會用到電，金屬類的東西很危險，就連尖銳的物品也很危險。」

「大概吧！而且看樣子最後要回去的時候是在這裡結帳。」
「看來是這樣。」
「一定是這樣沒錯。」
兩人摘下眼鏡，取下袖釦，全部放進保險箱裡，確實地鎖上。
再往前走了一小段路，又遇到一扇門，門前有一只玻璃壺，門上寫著：

請將壺裡的乳霜均勻地抹在臉及手腳上。

仔細一看，壺裡的確是以牛奶製成的奶油。
「要我們塗奶油是什麼道理？」
「這個麼……外面很冷對吧，怕屋子裡太暖和的話，皮膚可能會皸裂，要先預防。裡頭肯定來了非常了不起的大人物，搞不好我們可以藉這個機會認識貴族喔！」

兩人將壺裡的奶油抹在臉上和手上，還把襪子脫下來，塗在腳上。因為壺裡還有剩，還假裝塗在臉上，其實是偷偷地把奶油都吃掉了。

接著他們手忙腳亂地把門推開，只見門的背後寫著：

都塗上乳霜了嗎？耳朵也仔細塗抹了嗎？

旁邊還放著一小壺奶油。

「對耶，我沒有塗到耳朵，耳朵差點就要皸裂了。這家店的老闆設想得真周到啊！」

「對呀！連這種小地方都注意到了。話說回來，我好想趕快吃點東西，走來走去一直在走廊上鬼打牆也不是辦法。」

說著說著，眼前又出現了一扇門。

餐點就快準備好了。
只要再等不到十五分鐘，
馬上就能吃了。
請趕快將瓶子裡的香水灑在頭上。

只見門前擺著一瓶金光閃閃的香水。

兩人迫不及待地將那瓶香水灑在頭上。

可是那瓶香水聞起來怎麼像是醋的味道。

「好奇怪，這瓶香水怎麼會有醋的味道？」

「肯定是弄錯了。可能是服務生感冒，不小心裝錯了。」

兩人推開門，走了進去。

門背面以大大的文字寫著：

要求這麼多，想必各位已經覺得很不耐煩了吧！真抱歉！

這是最後一個要求了，請把壺裡的鹽巴大量、而且均勻地抹在身體上。

眼前果然擺著一只藍色瀨戶燒的漂亮鹽壺，兩人嚇了一跳，互相凝視著彼此塗滿奶油的臉。

「這真的很不對勁。」

「我也覺得不太對勁。」

「所謂的要求很多，原來是餐廳對我們的要求很多。」

「所以說，所謂的西餐廳，並不是我以為的提供西餐給客人吃，而是把客人做成西餐吃掉。也、也、也就是說……是我、我、我們要被……」

因為全身發抖，抖得太厲害，連話都說不清楚了。

「所以是我、我們……救命啊！」全身發抖，抖得太厲害，連話都說不清楚了。

「快逃……」其中一位紳士顫抖著想推開身後的門，門卻紋風不動。

走廊深處還有一扇門，門上有兩個大大的鑰匙孔，雕刻成銀色的刀叉形狀。門上寫著：

哎呀，真是辛苦你們了。

做得非常好。

請趕快進來吧！

不僅如此，還有兩顆藍色的眼珠子正目不轉睛地從鑰匙孔裡盯著這邊看。

「嗚哇！」全身發抖，抖個不停。

「嗚哇！」全身發抖，抖個不停。

兩人抱頭痛哭。

這時，從門後傳來竊竊私語的聲音。

「失敗了啦！他們已經發現了，一直不肯抹鹽。」

「這不是廢話嗎！都怪老大的文筆太差勁了。什麼『要求這麼多，想必各位已經覺得很不耐煩了吧！真抱歉！』誰叫他要寫這些蠢話。」

「隨便啦！反正他連一根骨頭也不會分給我們。」

「這倒是。萬一那兩個傢伙一直不肯進來的話，就會變成是我們的責任了。」

「要不要試著真情呼喚一下？喂！兩位客官，快點進來呀！進來啊！進來嘛！盤子已經洗好了，蔬菜也都已經用鹽搓過準備就緒了，接下來只要把你們和蔬菜拌一拌，放在雪白的盤子上就行了。趕快進來吧！」

「對呀！進來啊！進來嘛！還是你們不喜歡沙拉呢？不然我來生火，用炸的好嗎？總之快點進來嘛！」

兩人早已嚇得魂飛魄散，整張臉就像是被揉得皺巴巴的紙屑，互相看著對方，全身發抖，無聲地啜泣。

門裡頭先是噗哧一笑，隨後又傳來叫喚聲。

「進來啊！進來嘛！再哭下去，好不容易塗好的奶油就要掉光光了啦！好，馬上來，現在就給您送過去了。好了，請趕快進來吧！」

「快點進來嘛！老大已經圍好餐巾，拿起刀叉，流著口水在等待兩位客官了。」

兩人一直哭，一直哭，哭成了淚人兒。

就在這個時候，背後突然傳來「汪！汪！嗷嗚！」的吠叫聲，兩隻白熊般的大狗把門撞破，飛撲進來。鑰匙孔裡的眼珠子一溜煙消失不見。兩隻狗嗚嗚地咆哮著，在屋子裡繞圈，繞了一陣子後，大叫一聲，冷不防地衝向下一扇門。門應聲敞開，兩隻狗彷彿被吸進去似的跑了進去。

從那扇門裡面伸手不見五指的黑暗中發出「喵！嗚哇！乒乒乓乓！」的聲音，然後又是一陣稀里嘩啦的聲響。

房子如一陣輕煙般消失了，兩人站在草叢裡，在寒風中全身顫抖。仔細一看，上衣、鞋子、錢包、領帶夾不是掛在樹枝上，就是掉在旁邊的樹根旁。風呼呼地吹著，草沙沙地作響，樹葉發出窸窸窣窣的聲音，樹幹也叩咚叩咚地喧鬧著。

狗兒們邊叫邊跑回來，同時背後傳來「老爺！老爺！」的呼喚聲。

兩人一下子打起精神來大叫：「喂——喂——我們在這裡！快點過來！」

戴著斗笠的獵戶唰唰地撥開草叢，迎上前來。

兩人終於可以安心了。

接著他們吃了獵戶帶來的飯糰，回家途中花十圓買了幾隻野鳥，就回東京去了。

只不過，即使回到東京，好好洗了熱水澡，兩人被嚇得變成皺巴巴像紙團的臉卻再也無法恢復原狀了。

銀河鐵道之夜

一、下午的一堂課

「各位同學，你們知道這片白茫茫，有人稱之為河流，有人說是牛奶流過的痕跡是什麼嗎？」老師指著掛在黑板上，巨大的黑色星座圖中，由上而下，彷彿蒙上一層白霧的銀河系問大家。

卡帕內拉舉手，隨後又有四、五個人也跟著舉起手來。喬凡尼原本也打算舉手，但是又打消了念頭。他曾經在雜誌上看過，那些應該都是星星，但喬凡尼最近幾乎每天都在課堂上打瞌睡，既沒有時間看書，也沒有書可以看，總覺得對所有的事情都迷迷糊糊的，似懂非懂。

不過老師已經眼尖地注意到他的舉動。

「喬凡尼同學，你知道這是什麼嗎？」

喬凡尼趕緊起身，但是站起來之後反而不知如何回答。坐在前面的札內利轉過頭來看著喬凡尼，噗哧一聲笑出來。喬凡尼緊張得面紅耳赤，於是老師又接著說：

「如果用大型的望遠鏡仔細地觀察銀河，會發現銀河是什麼組成的呢？」

喬凡尼仍然覺得答案是星星，但還是不敢回答。

老師有些不知所措，眼神望向卡帕內拉的方向。

「卡帕內拉同學，你說說看。」老師直接指名卡帕內拉回答，如此一來，原本精神抖擻舉著手的卡帕內拉反而變得扭扭捏捏的，答不出來。

老師有點意外地盯著卡帕內拉好一會兒才說：「那好吧！」然後指著星座圖：

「如果用大一點、好一點的望遠鏡觀察這片白茫茫的銀河，可以看到許多小星星。喬凡尼同學，你說是嗎？」

喬凡尼面紅耳赤地點頭，不知何時，眼眶滿是淚水。對呀！我知道，卡帕內拉當然也知道。那是在卡帕內拉家裡一起看的雜誌上寫的。卡帕內拉看了那本雜誌，還從他博學的博士爸爸的書房裡拿出一本磚頭般厚厚的書，翻到有銀河圖片的地方，全黑的頁面上布滿了白色斑點，那張美麗的照片讓他們看得如痴如醉，忘記時間的流逝。卡帕內拉不可能忘了這件事，沒辦法馬上回答，完全是因為喬凡尼最近早上和下午都工作得累得要命，上學都不跟大家一起玩，也不太跟卡帕內拉聊天的緣故。卡帕內拉看在眼裡，覺得我很可憐，才故意不回答的。一想到這裡，喬凡尼覺得自己和卡帕內拉都好悲哀。

老師繼續往下說：

「如果把這條天河想像成真正的河流，那麼一顆一顆的小星星就相當於河床上的沙粒或小石頭。如果將它們想像成牛奶流淌而過的痕跡，就更符合天河的形狀了。而這些星星就像是漂浮在牛奶中的脂肪球，那麼，這條河裡的水又是什麼呢？答案是真空。真空可以用一定的速度傳遞光線，太陽和地球都存在其中。也就是說，我們都住在這條天河的河水裡。從這條天河的河水裡往四面八方看出去，水越深的地方看起來就會越藍，當大量的星星聚集在天河底部越深越遠的地方，看起來就成了白茫茫的一片。請大家看這個模型……」

老師指著大型的雙面凸透鏡，裡頭裝滿了閃閃發光的沙粒。

「天河的形狀就像這樣，一顆一顆閃閃發光的沙粒就跟我們的太陽一樣，全都是會發光的星星。假設太陽位於中央的位置，地球就在它的旁邊。請大家想像晚上站在正中間，從各種角度觀察這個凸透鏡。這裡比較薄，只能看到一點點發光的沙粒，也就是星星對吧？這裡和這裡的透鏡比較厚，能看到很多發光的星星。從遠處看來則是白茫茫的一片，這便是我們所說的銀河。」

「時間到了，下次理化課的時候再繼續告訴大家，這個透鏡究竟有多大，還有裡頭各式各樣的星星。今天剛好是銀河祭，請大家到戶外好好地觀察。那麼今天的課就上到這裡，請把書和筆記本收起來。」

教室裡頓時傳出一陣一陣合上書桌，和把書本疊在一起的聲響。不一會兒，所有的同學全部立正站好，向老師行禮道別，一個接著一個走出教室。

二、活字印刷廠

喬凡尼走出校門的時候，班上的七、八位同學圍著卡帕內拉，聚集在校園角落的櫻花樹下，看來是在討論著採王瓜製成王瓜燈籠，今天晚上放到河裡的事。

喬凡尼向他們用力地揮揮手，便三步併成兩步地走出校門。鎮上家家戶戶都在為今晚的銀河祭做準備，有人把紅豆杉的葉子編成球狀掛起來，有人則是把燈泡裝飾在檜木的樹枝上。

喬凡尼沒有馬上回家，他先在街上轉了三個彎，走進一家很大的活字印刷廠。喬凡尼向穿著鬆垮白襯衫、坐在櫃檯前的人鞠了個躬，脫下鞋子後走了進去。打開走廊盡頭一扇很大的拉門，雖然是大白天，裡面卻燈火通明，一部一部輪轉式印刷機正啪噠啪噠地運轉著，頭上綁著布條、戴著頭燈的人們時而念念有詞，時而喃喃地數著數字，賣力地工作著。

喬凡尼走向坐在入口數來第三張高檯上的人身邊，向他行了一個禮。只見那個男人在架子上翻找半天，遞給他一張紙條。

「今天可以撿這些嗎？」

喬凡尼從那個人的桌子底下拖出一個扁扁的小箱子，走向光線充足、活字版靠牆而立的角落蹲下，開始用小鑷子把只有米粒般大小的鉛字一個一個地挑出來。一個穿著藍色圍裙的人從喬凡尼的背後走過。

「四眼田雞，早啊！」

聽到這樣的稱呼，周圍的四、五個人既不作聲，也不看這邊，只是冷淡地笑著。

喬凡尼把鉛字一個接一個地挑出來，揉了好幾次眼睛。

六點的鐘聲響完又過了一陣子，喬凡尼把挑出來的鉛字全部放進箱子裡，再把裝了滿滿一箱的鉛字與拿在手裡的紙條核對過一遍，才拿給剛才那張桌子旁邊的男人。那人默默地接過去，微微點頭。

喬凡尼對他行禮後轉身把門推開，走向剛才經過的櫃檯。那個穿著白衣的男人同樣默不作聲地遞給他一枚小小的銀幣。喬凡尼的眼睛頓時亮了起來，精神抖擻地行了一個禮，拿起櫃檯底下的書包，三步併兩步往外衝。他愉快地吹著口哨，繞到麵包店買了一塊麵包和一袋方糖，頭也不回地往前跑。

三、家

喬凡尼一口氣狂奔回到位在巷子裡的家中。那間小屋有三扇門窗，最左邊的門前放著種滿紫色包心菜和蘆筍的箱子，兩扇小窗子的遮陽板都沒打開。

「媽媽，我回來了。今天身體還好嗎？」喬凡尼邊脫鞋邊說。

「啊，喬凡尼，工作累壞了吧！今天很涼快，我一整天都覺得很好喔！」

喬凡尼走進屋內，母親蓋著一條白色的方巾，躺在靠近入口的房間裡。喬凡尼打開窗戶。

「媽媽，我今天買了方糖回來，可以加在牛奶裡。」

「你先吃吧，我還不餓。」

「媽媽，姊姊是什麼時候回去的？」

「大概三點左右。她幫我把該做的事情都做好了。」

「牛奶還沒有送來嗎？」

「還沒吧！」

「我去拿。」

「慢慢來沒關係，你先吃飯吧！你姊姊回去以前好像用番茄做了些料理，就放在那裡。」

「那我就先吃嘍！」

喬凡尼拿起放在窗邊的那盤番茄，和著麵包狼吞虎嚥地吃了起來。

「媽媽，我相信爸爸很快就會回來的。」

「嗯，我也這麼認為。可是你為什麼會這麼肯定呢？」

「因為早上的報紙寫說今年北方的漁獲量大豐收呢！」

「問題是……你爸爸不一定是出海打魚。」

「他一定是出海打魚了。爸爸不可能做出那些得坐牢的壞事，以前爸爸捐給學校的大螃蟹殼、馴鹿角之類的，現在都還擺在標本室裡。六年級學生上課的時候，老師都還輪流拿到教室裡，前年遠足的時候……」

「你爸還說下次要帶一件海獺皮外套回來給你。」

「大家每次看到我，都會語帶嘲諷地提起這件事。」

「他們會說你的壞話嗎？」

「嗯，不過卡帕內拉絕不會這樣。看到大家說那些風涼話的時候，他還會顯得很難過呢。」

「聽說他的父親和你爸爸也跟你們一樣，從小就是好朋友。」

「原來如此，所以爸爸才會帶我去卡帕內拉家玩對嗎？那一陣子好開心啊！放學回家的時候經常去卡帕內拉家玩。卡帕內拉家裡有用酒精燈發動的火車，把七段鐵軌組合起來就可以圍成一圈，上面還有電線杆和號誌燈，只有在火車通過的時候，號誌燈才變成綠色的。有一次酒精用完了，我們改用石油，結果把罐子都給燻黑了。」

「這樣啊。」

「現在我每天早上送報的路上也會經過他家喔，可是每次家裡都是靜悄悄的。」

「因為還太早了嘛！」

「他們家還有一隻叫做查威的狗，尾巴就像掃帚一樣，每次去的時候都會發出哼哼哼的聲音，繞到我的腳邊，還會一路跟著我到街角，有時候還會跟得更遠喔。今晚大家要去河邊放王瓜燈，那隻狗一定也會跟去的。」

「啊，今天晚上是銀河祭！」

「嗯，我去拿牛奶的時候可以順路過去看看嗎？」

「去吧！不可以下水喔！」

「我只會在岸邊看，一個小時就回來了。」

「多玩一會兒吧！只要是和卡帕內拉在一起，我就放心了。」

「我一定會和他在一起的。媽媽，要不要幫妳把窗戶關上？」

「好的，麻煩你了，天氣已經轉涼了呢。」

喬凡尼站起來關窗，收拾好碗筷和裝麵包的袋子。

「那我一個小時以後就回來嘍！」喬凡尼一邊穿鞋一邊說著，走出小屋，消失在夜色裡。

四、半人馬星座祭的夜晚

喬凡尼像在吹口哨般噘起嘴，神情落寞地走過種滿檜木的坡道。

坡道下方有盞高大的路燈，發出銀白色的光芒。喬凡尼越接近路燈，剛剛還像怪物般拉得長長的朦朧身影，就變得越來越黑、輪廓越來越清晰，不停地抬腳、揮手，最後清楚地移到他的身旁。

我是神氣的火車頭。這裡是下坡，速度很快喔！我現在正要超越這盞路燈。看哪！我的影子成了圓規，繞了整整一大圈，又繞到前面來了。

喬凡尼幻想著，加快腳步經過那盞路燈的時候，白天才見過的札內利穿著簇新的尖領襯衫，冷不防地從另一頭的幽暗小路裡竄出來，步履輕快地與喬凡尼擦身而過。

「札內利，你要去放王瓜燈嗎？」

喬凡尼的話還沒說完，那孩子就從背後挑釁似的高聲嚷嚷：

「喬凡尼，你爸為你寄海獺皮外套來了嗎？」

喬凡尼的熱情一下子被扔進冰水裡，好像有什麼東西在胸腔裡轟然作響。

「你說什麼，札內利！」喬凡尼大喊，但札內利已經走進對面一間種著羅漢柏的屋子裡。

「我又沒有礙到他，為什麼老是針對我！明明自己跑步的樣子像隻老鼠。我明明什麼都沒做，卻老是對我冷言冷語，真是個大笨蛋。」

喬凡尼的腦袋像走馬燈似的轉來轉去，一面經過街道上各式各樣掛著的燈飾和路旁枝葉的裝飾。鐘錶店裡的霓虹燈光彩奪目，貓頭鷹鑲著石頭的火紅雙眼骨碌碌地轉個不停，五光十色的寶石放在大海般藍色的玻璃盤上，像星星一樣慢慢地旋轉，銅製的人馬像還會優雅地繞過來。中間有一個圓形的黑色星座圖，裝飾著嫩綠的蘆筍葉。

喬凡尼出神地凝視著那張星座圖。

比白天在學校裡看到的要小得多，只要調成當天的日期，就可以在橢圓形裡看到當時的星空，而且正中央果然也同樣有一條由上往下的帶狀銀河隱隱約約地浮現出來，下方還微微地迸開，就像冒著水蒸氣。此外，星座盤後面還有一個立在腳架上，金光閃閃的小型望遠鏡，後面的牆上則掛著一幅巨大的圖畫，將天空中的星座描繪成不可思議的猛獸、蛇、魚和瓶子的形狀。喬凡尼愣愣地站在那裡，目瞪口呆地想著天空中是否真的充滿了這些蠍子與勇士。啊……真想走進去好好地瞧一瞧啊！

過了一會兒，喬凡尼突然想起母親的牛奶，趕緊離開鐘錶店，儘管得忍受窄小的上衣緊繃著肩膀，他還是刻意挺起胸膛，用力地擺動雙手，走過一條又一條的街道。

空氣十分清新，沁涼如水般的流淌在街道和商店裡，路燈全都籠罩在翠綠的樅樹和楢樹的枝葉下，電力公司前面那六棵懸鈴木上裝飾著滿滿的、多如繁星的小燈泡，看起來好像美人魚的國度。孩子們都穿上漿得筆挺的新衣，用口哨吹著〈星星之歌〉的旋律。

「半人馬座，請降下露水來吧……」孩子們高興地嬉鬧、奔跑，有人點燃藍色煙火，開心地玩著。喬凡尼低頭思索著與歡樂氣氛毫不相干的事，一面往牛奶店的方向走去。

喬凡尼不知不覺地來到遠離鎮上，有許多白楊樹高聳的地方。他走進牛奶店的黑色大門，站在瀰漫著騷味的陰暗廚房前，摘下帽子，喊了一聲：

「晚安。」但是屋子裡靜悄悄的，好像沒有半個人。

「晚安，有人在嗎？」喬凡尼直挺挺地站著，又喊了一聲。過了好一會兒，才有個上了年紀的女人步履蹣跚地走出來，問他有什麼事，身體似乎不太舒服的樣子。

「那個……今天……我們家沒有收到牛奶，所以我自己過來拿。」喬凡尼大聲地說著。

「現在家裡沒人，我什麼都不知道，請你明天再來吧！」

那個人揉著紅腫的眼睛，低頭看著喬凡尼說道。

「我媽媽生病了，今晚不能沒有牛奶喝。」

「那就請你晚一點再來。」說完頭也不回地走開。

「好的，謝謝妳。」喬凡尼行禮後走出廚房。

在十字路口準備轉彎的時候，他看見橋對面的雜貨店前有幾個身穿黑外套、白襯衫的身影，那是六、七個學生，他們吹著口哨、打打鬧鬧地提著王瓜燈籠朝他走來。喬凡尼很熟悉那些歡聲笑語和口哨聲，因為那些人都是他的同學。喬凡尼打算掉頭迴避，忽然又改變心意，昂首闊步地往那個方向走去。

「你們要去河邊嗎？」喬凡尼才剛開口，就覺得喉嚨卡住似的。

「喬凡尼，海獺皮外套要送來嘍！」剛才遇到的札內利又開始嚷嚷起來。

「喬凡尼，海獺皮外套要送來嘍！」其他人也跟著大呼小叫，害喬凡尼害羞得滿臉通紅，一心只想趕緊逃開，卻突然發現人群中卡帕內拉的身影。卡帕內拉一臉同情，默不作聲地朝他微微一笑，似乎是希望他不要生氣。

喬凡尼避開他的視線，等卡帕內拉高大的身影走過之後，大家又自顧自地吹起口哨來。經過街角的時候，轉頭一看，札內利果然也正回頭看著自己。卡帕內拉繼續和大家一起高聲地吹著口哨，走向對面那座隱約可見的橋。喬凡尼突然覺得非常寂寞，向前跑了起來。他把手擱在耳朵旁，那些嘻嘻哈哈地吵鬧著、用單腳蹦蹦跳跳的孩子們以為喬凡尼是因為好玩才跑那麼快，便對他大聲怪叫。沒多久，喬凡尼跑到了黑漆漆的山丘上。

五、氣象觀測塔之柱

牧場後方是一片平緩的山丘，在北方的大熊星座下，漆黑的山頂看起來朦朦朧朧的，比平常低矮，幾乎沒有起伏。

喬凡尼三步併成兩步地爬上籠罩著霧氣的林間小路，一步一步走上山丘。星光照亮了小徑，漆黑的草木變得奇形怪狀的。草叢裡躲著發光的小蟲，葉片被照得晶瑩透亮。喬凡尼想起剛才大家手裡拿著的王瓜燈籠。

穿過那片伸手不見五指的松樹和橡樹林後，天空豁然開朗，由南延伸至北邊的天河一片白茫茫的，清晰可見，還能看見山頂上的氣象觀測塔。不知道是風鈴草還是野菊花開滿了整片山丘，散發出來的香氣讓人彷彿身在夢中。有隻鳥啁啾地叫著，從山丘上飛過。

喬凡尼走到山頂上的氣象觀測塔之柱下方，疲倦地躺在冰冷的草地上。

城裡的燈光在黑暗中閃爍，宛如海底龍宮般的景致，隱約還可以聽見孩子們的歌聲、口哨聲和斷斷續續的叫聲。風在遠處呼嘯著，山丘上的草靜靜地搖擺。喬凡尼被汗水浸濕的襯衫變得有點冰冷。他躺在離小鎮有點距離的山丘上，眺望遠處那片黑暗的原野。

耳邊傳來火車的聲音，那輛火車上應該有一排小小的紅色車窗，喬凡尼想像火車裡有很多旅客，有人在削蘋果，有人正在說笑，各自忙得不可開交……想到這裡，喬凡尼突然有種說不出來的難過。他再次將視線投向天空。

啊……天空裡那條白色的帶子全都是星星！

　　但不管他再怎麼看，都不覺得天空像白天老師說的那樣空曠、冰冷。不僅如此，他越看越覺得天空裡似乎還有座小小的森林和牧場，宛如草原一般。喬凡尼甚至還看到藍色的天琴座變成三、四顆星星，一閃一閃亮晶晶地眨著眼睛，一會兒伸出一隻腳，一會兒又縮回去，彷彿蘑菇般伸得長長的。最後，連眼前的城鎮也都變得朦朦朧朧，看起來像滿天星星聚在一起，又像一團巨大的輕煙。

六、銀河車站

喬凡尼發現氣象觀測塔不知不覺間變成三角標的形狀，像螢火蟲般忽明忽滅地閃爍，接著越來越清晰，最後動也不動地聳立在湛藍色的天空中，就像剛鍛燒好的藍色鋼板一樣的深藍。

「銀河站、銀河站到了！」不知哪裡傳來不可思議的叫聲。瞬間，眼前豁然開朗，就像億萬隻會發光的螢光烏賊同時變成化石，鑲嵌在整片天空裡，又像鑽石公司為了不讓鑽石跌價，刻意將開採到的鑽石藏起來，卻不小心全部翻出來散落一地的樣子。四周閃亮如白晝，喬凡尼忍不住揉了好幾次眼睛。

回過神來，喬凡尼發現自己坐在轟隆轟隆地駛向銀河車站的小火車上，從窗戶往外看。不停地向前疾駛的列車上點著一排小巧的黃色燈泡，車廂裡鋪著藍色天鵝絨的座椅幾乎空蕩蕩的，鼠灰色的牆上有兩個巨大的黃銅按鈕散發著光芒。

喬凡尼注意到前方座位有一個穿著一身像是濕答答黑色上衣、個子很高的男孩往窗戶外探頭。他覺得那個男孩的背影很眼熟，不知在哪見過。正當他也想把頭伸出窗外看個究竟，對方突然轉過來，望向喬凡尼。

原來是卡帕內拉。

喬凡尼正想問卡帕內拉是不是一直都在這裡，卡帕內拉卻先開口：

「大家追了半天，還是沒有趕上！札內利也跑了好久，結果還是晚了一步。」

喬凡尼心想，我們是約好一起出來玩的沒錯。但還是說：

「要不要在哪裡等他們一下？」

「札內利回去了，他爸爸來接他了。」卡帕內拉回答。

不知道為什麼，卡帕內拉臉色有點蒼白，好像哪裡不舒服的樣子，喬凡尼覺得好像有什麼事情忘了，感覺怪怪的，因此有一段時間都沒再出聲。

卡帕內拉眺望著窗外的景色，最後終於打起精神，興致勃勃地說：「糟糕，我忘記帶水壺，也忘了素描本，不過沒關係，天鵝站就快到了。我真的好喜歡天鵝，就算牠們飛到很遠的河邊，也看得到。」

卡帕內拉把圓板狀地圖翻來翻去地仔細端詳。地圖中間有一條鐵道，沿著白色的天河左岸，不停地往南延伸。這張地圖最厲害的地方，是在如夜色般漆黑的圓盤上，有如滿天星斗般鑲嵌著一座一座的停靠站、三角標、泉水和森林，散發出藍色、橘色和綠色……等耀眼奪目的光芒。喬凡尼覺得自己好像在哪裡見過這張地圖。

「這張地圖是在哪裡買的？是用黑曜石做的嗎？」喬凡尼問。

「是在銀河車站拿的，你沒有嗎？」

「嗯，大概是我已經過了銀河車站吧，我們現在的位置是這裡嗎？」

喬凡尼指著上面畫著天鵝站標誌的北方。

「沒錯。咦，那片河岸就是月夜吧？」

兩人往那個方向看過去，只見河畔一整片銀白色的芒草，在散發白色光芒的岸邊沙沙作響地迎風搖曳，掀起一陣陣的波浪。

「那不是月夜，是銀河！它會發光。」喬凡尼說著說著，開心得幾乎要跳起來了，咚咚咚地用腳蹬著地板，興高采烈地吹著〈星星之歌〉的旋律。他從窗戶探出頭去，拚命地伸長脖子，想把天河裡的水看個透澈。一開始怎麼也看不清楚，但是屏氣凝神地細細端詳，發覺清澈的水比玻璃和氫氣還要晶瑩剔透，有時候覺得可能是眼睛花了，還會看到掀起細緻的紫色漣漪，閃爍著如彩虹般萬紫千紅的光芒，無聲地潺潺流逝。原野上到處都豎立著閃著燐光的三角標，璀璨又美麗。遠處的看起來很小，越近的看起來越大；有的呈現橘色和黃色，有的則是模模糊糊的銀白色；有時感覺像三角形，有時是四方形，甚至是閃電或鎖鏈的形狀，形形色色地布滿了整個草原，兀自發著光，害喬凡尼不時感嘆地猛搖頭。這麼一來，那片美麗原野中的藍色、橘色等各種閃耀生輝的三角標也彷彿各自有了生命般，一閃一閃地搖曳、顫抖著。

「我真的來到天上的原野了！」喬凡尼讚嘆著。

「而且這輛火車不需要燒煤炭呢！」喬凡尼伸出左手，從窗口望著前方。

「是用酒精或是用電吧！」卡帕內拉回答。

喀噔喀噔喀噔，這輛小而美的火車彷彿可以穿過空中芒草之間的風，穿過天河的水，穿過三角標的淡藍色微光，開往任何地方。

「啊，龍膽花開了，已經是深秋了！」卡帕內拉指著窗外說。

在鐵軌邊緣的那些低矮的花花草草中，盛開著宛如月長石雕刻而成，美麗的紫色龍膽花。

「我跳下去摘些花拿上來給你看？」

「別說傻話了，都已經離這麼遠了。」

卡帕內拉的話還沒說完，又看見一片龍膽花一閃而過。許多黃色花蕊的龍膽花如湧泉、如驟雨般從眼前掠過，隨之又消失在眼前。那一排直立的三角標像是蒙上一層薄霧，又像煙火般，散發無比明媚的光芒矗立在原野上。

七、北十字星與上新世海岸

「媽媽會原諒我嗎？」

卡帕內拉突然冒出這句話，結結巴巴地，有點焦急，邊咳邊說。

喬凡尼默不作聲，心裡想著，媽媽現在也在那遙遠的、如塵埃般的橘色三角標下面想著我。

「如果能讓媽媽得到真正的幸福，我什麼都願意做。可是到底什麼才是真正的幸福呢？」卡帕內拉好像快哭了，拚命地忍住眼淚。

「你媽媽又沒有發生什麼不幸的事不是嗎？」喬凡尼驚訝地喊出來。

「我不知道。不過，不管是誰，只要做了好事，應該就能為別人帶來幸福吧。我想媽媽一定會原諒我的。」卡帕內拉看起來十分肯定。

車廂內忽然亮了起來，像白晝一樣。原來他們經過銀河中一座閃耀著銀白色光芒的小島。河床聚集了鑽石、草露等一切美麗的事物，河水無聲無息地流過金碧輝煌的銀河中。小島上矗立著富麗堂皇，令人眼睛為之一亮的白色十字架。那十字架彷彿是用北極冰雲鑄造而成，散發著聖潔的光輝，靜謐而永恆地佇立著。

「哈利路亞，哈利路亞……」前後此起彼落地響起相同的聲音。回頭一看，車廂裡的乘客們全都站著，將黑色封面的聖經緊抱在胸前，有人拿著水晶念珠，每個人都虔誠地十指交握，對著十字架禱告。兩人見狀也趕緊站起來，卡帕內拉的臉頰彷彿熟透的紅蘋果，閃耀著美麗的光輝。

轉眼間，小島和十字架漸漸被火車拋向後方。

對岸繚繞著朦朧的銀白色光暈，芒草迎風搖曳，滿山遍野的龍膽花在草叢裡忽隱忽現，讓人聯想到溫柔的磷火。

轉瞬間，芒草橫亙在河流與火車之間，天鵝島在後方出現了兩次，接著又像圖畫般拉遠、變小。芒草又開始沙沙作響，最後再也看不見。有個高個子的天主教修女不知何時上車，坐在喬凡尼背後。圓圓的碧綠色眼睛安靜地低垂著，似乎虔誠地聆聽著從某處傳來的話語和聲響。旅客們安靜地回到座位，喬凡尼和卡帕內拉兩人心中湧現一股悲傷的、未曾有過的情感，卻又若無其事地交談著無關痛癢的話題。

「天鵝站快到了。」

「對呀，會在十一點準時抵達喔！」

很快地，綠色號誌燈和蒼茫一片的柱子從窗外掠過，接著轉轍器前方的燈光有如硫磺的幽微火焰般從窗下閃過，火車的速度逐漸放慢下來。隨著月台上那一排電燈美麗且規律地閃現後，月台變得越來越寬敞，兩人剛好停在天鵝站的大時鐘前。

秋高氣爽的日子，時鐘裡的藍色鋼針分秒不差地指著十一點。所有的人都陸續下車，車廂裡變得空蕩蕩的。

時鐘下寫著「停車二十分鐘」。

「我們也下去看看吧！」喬凡尼提議。

「好呀！」

兩人同時起身走出車廂，跑向剪票口。然而剪票口只亮著一盞紫色的電燈，沒有半個人影。再往裡頭一看，也不見站長或搬運工人的身影。

兩人走到車站前的小廣場，廣場四周都是看上去像是用水晶雕刻而成的銀杏樹。旁邊有一條寬敞的大馬路，筆直地通往銀河的藍光裡。

不曉得剛才下車的人都到哪裡去了，廣場上一個人也沒有。兩人並肩走在那條白色的路上，影子就像四面都是窗戶的房間裡的兩根柱子，也像車輪的輻條，往四面八方無窮盡地伸展開來。沒多久，就走到剛剛在火車上看到的美麗河岸。

卡帕內拉抓起岸邊一把潔淨的沙粒，攤開掌心用手指撥弄著。

「這些沙子都是水晶，水晶裡都有小小的火焰。」

「是啊。」喬凡尼怔怔地回答，一邊想起好像在哪裡聽過這件事。

河岸上的砂石全都晶瑩剔透如水晶或黃寶石，還有表面滿是皺褶或稜角、發出雲霧般光芒的紅寶石。喬凡尼走到沙洲上，把手放進水裡。奇怪的是，銀河的水比氫氣還要透明，卻確實地流動著。兩人的手腕浸在水裡的部分看起來微微地浮現出水銀般的色彩，水波散發出如夢似幻的燐光，熠熠生輝好比燃燒著的火焰。

往上游一看，長滿了芒草的懸崖底下是塊白色的岩石，如運動場般平坦地往河面延伸，有五、六個小小的人影感覺像在挖掘、還是掩埋些什麼東西，其中有人站著，有人蹲著，有時還可以看到工具閃閃發光的模樣。

「我們過去看看吧！」兩人異口同聲地喊著，往那一頭跑過去。白色岩石的入口立著光滑的陶瓷告示牌，上頭寫著「上新世海岸」。

對面的沙洲上到處插著細細的鐵欄杆和精緻的木製長椅。

「你看，這東西好奇怪。」卡帕內拉停下腳步，從岩石堆裡撿起一顆長長尖尖的，像黑色胡桃般的東西。

「這是胡桃啊！你看，到處都是。大概是漂流過來，掉進岩石縫裡的吧！」

「好大喔！這種胡桃比一般的大一倍耶，而且完好無缺。」

「快點過去看看他們在挖什麼。」

兩人拿著表面凹凸不平的黑色胡桃，繼續往剛才的方向走去。水波如閃電般沖向左手邊的沙洲，一整片彷彿用白銀和貝殼堆起來的芒草則在右邊的懸崖上搖曳著。

兩人越走越近，看見一個高大、戴著深度近視眼鏡，腳下踩著長靴，像學者的人正忙著在筆記本上不曉得寫些什麼，一面專注地指導三個一下子揮動鐵鍬、一下子用鏟子挖的助手。

「小心不要破壞那塊凸出來的地方。用鏟子挖，用鏟子！要從遠一點的地方開始挖，這樣不行，這樣不行！動作怎麼可以這麼粗魯。」

原來白色鬆軟的岩石上有一具巨大的獸骨，已經露出了一半。仔細一看，大約有十塊上面有兩個蹄印的岩石被切割成工整的四方形，並編上號碼。

「你們是來參觀的嗎？」那個像學者的人看著他們，詢問來意，眼鏡閃過一道光芒。

「有很多胡桃吧！那可是至少一百二十萬年前的胡桃，而且年代還算是近的。這裡是一百二十萬年前，就是地質時代的第四紀形成的海岸，岩石裡有很多貝殼，現在的河床是當時海水潮起潮落留下的痕跡。至於這個龐然大物叫做西伯利亞野牛。喂，那邊不准用鐵鍬，給我仔細地用鑿子挖。說到西伯利亞野牛，牠是牛的祖先，以前到處都有。」

「要做成標本嗎？」

「不是，是要用來證明一百二十萬年前形成的厚度驚人的地層。已經有各式各樣的證據了，但是看在別人眼中並不這麼認為，也許只當這裡是有風有水的空曠天空而已，懂嗎？不過……喂！那裡也不能用鏟子挖，肋骨應該就埋在下面啊！」學者急忙跑過去。

「時間差不多了，我們走吧！」卡帕內拉看著地圖和手錶說。

「那我們就先告辭了。」喬凡尼很有禮貌地向學者行禮。

「這樣啊，那就再會啦！」學者又開始忙碌地走來走去，監督助手們做事。

喬凡尼和卡帕內拉為了趕上火車，在白色的岩石上像風一樣的飛奔。既沒有上氣不接下氣，膝蓋也不會痛。

照這樣跑下去，說不定能跑到天涯海角，喬凡尼心想。

兩人經過剛才的河岸，剪票口的燈光隨著距離拉近，變得越來越明亮。過一會兒，兩人已坐在原本的車廂裡，從車窗眺望剛才走過的地方。

八、捕鳥人

「我可以坐在這裡嗎？」

低啞但親切的聲音在兩人背後響起。那是一個穿著有點破舊的咖啡色外套，雙肩各挑著一個用白布包起來的行李，留著紅色鬍子，彎腰駝背的男人。

「可以，請坐。」喬凡尼有些不安地打了聲招呼。那個人微微一笑，慢條斯理地將行李放到架子上。不知道為什麼，喬凡尼有種非常寂寞、非常哀傷的感覺。他默默地看一眼正前方的時鐘，遠方傳來汽笛聲，火車慢慢地啟動。卡帕內拉東張西望地看著車廂的天花板，有隻黑色的獨角仙停在其中一盞燈上，影子大大地反射在天花板上。紅鬍子男人笑著，一面盯著喬凡尼和卡帕內拉。火車的速度漸漸加快，窗外交錯著芒草和河流。

男人有些遲疑地問他們：

「你們要去哪裡？」

「哪裡都去。」喬凡尼有些不知所措地回答。

「真好，這輛火車可以到達天涯海角。」

「那你要去哪裡？」卡帕內拉像是要吵架似的質問對方，害得喬凡尼忍不住噗哧一笑。如此一來，坐在對面，戴著一頂尖帽子，腰間掛著一大串鑰匙的人也瞥了這邊一眼，莞爾一笑。卡帕內拉不禁漲紅了臉大笑起來。還好那個男人沒有生氣，雖然臉頰肌肉還是有些抽搐。

「我等一下就要下車了，我是靠捕鳥維生的。」

「捕什麼鳥？」

「白鶴或鴻雁，還有白鷺鷥和天鵝。」

「有很多白鶴嗎？」

「有啊！從剛才就一直叫呢！你沒聽見嗎？」

「沒有。」

「現在也還聽得見。你們豎起耳朵，靜下心來聽聽看。」

兩人睜大雙眼，豎起耳朵。從火車轟隆轟隆的聲響和吹過芒草的風聲中，傳來了撲通撲通，猶如清水湧出的聲音。

「白鶴要怎麼抓呢？」

「你是問白鶴嗎？還是白鷺鷥？」

「白鷺鷥。」喬凡尼回答。雖然他覺得兩者皆可。

「要抓那傢伙啊，一點也不費力喔！因為白鷺鷥這玩意兒都是天河的沙子凝固後變成的，終究要回到河邊，只要在河岸等著，趁著牠們的腳就快要碰到地上的那一剎那抓住牠們的腳。這麼一來，白鷺鷥就會全身僵硬，從容赴死。接下來的事，你們應該都很清楚。只要壓扁做成乾燥白鷺鷥就好了。」

「把白鷺鷥壓扁做成乾燥白鷺鷥？是要做成標本嗎？」

「不是標本，大家不是都拿來吃嗎？」

「好奇怪噢！」卡帕內拉歪著頭說。

「才不奇怪，等等！」那人站了起來，把布包從架子上拿下來，動作俐落地解開。

「你們看，這是剛才抓的。」

「真的是白鷺鷥耶！」兩人不約而同地驚呼。白鷺鷥雪白的身體散發的光芒足以媲美剛才豎立在北方的十字架，總共有十隻，看起來扁扁的，黑色的雙腳縮在一起，感覺很像浮雕。

「眼睛是閉著的呢。」卡帕內拉用手指輕輕地碰了一下白鷺鷥緊閉著、如新月般的白色眼睛。頭上長槍般的白色羽毛也完好如初。

「你們看，我說得沒錯吧！」捕鳥人把方巾收攏，一層一層地重新包好，還用繩子綁起來。喬凡尼好奇到底有誰會吃這種白鷺鷥，於是問他：

「白鷺鷥好吃嗎？」

「好吃，每天都有人訂購，但是雁賣得更好，因為雁的體格比白鷺鷥壯多了，最重要的是吃起來很方便。你們看。」捕鳥人又解開另一個布包，只見交織著黃色與銀白色的花紋，散發出光芒的雁就像剛才的白鷺鷥一樣，鳥喙整整齊齊，扁扁地整齊排列。

「這個可以直接吃。怎麼樣，要不要來一點？」捕鳥人抓住黃色鴻雁的腳，輕輕一拉，雁腳就像用巧克力做的，輕易地被扯下來了。

「如何？嘗嘗看吧！」捕鳥人把雁的腳分成兩半遞給他們。喬凡尼淺嚐一口，心裡想著：「什麼嘛！這根本就是糖果，雖然比巧克力好吃，但是這種雁飛得起來嗎？這個男的肯定是賣糖果的人。我心裡嘲笑他，卻又吃了他的糖果，真是不應該。」但還是大口大口地把雁腳吃光。

「再多吃一點。」捕鳥人又拿出布包。

喬凡尼雖然也想再吃，還是客氣地拒絕：「不用了，謝謝你。」

於是捕鳥人轉身遞給坐在對面，身上掛著鑰匙的人。

「不用了，這是你要賣的東西，我怎麼好意思拿。」那個人摘下帽子。

「別客氣，今年候鳥的情況如何？」

「好得很喔！前天第二個時辰的時候，很多人打電話來投訴，說什麼燈塔的燈故障，問題是又不是我的錯，是一大群候鳥黑壓壓地飛過，我有什麼辦法。只好跟他們說：『你們這些混帳東西，跟我抱怨是沒用的，有本事就去找穿著輕飄飄的斗篷，腳和嘴都細得不像話的大人物說啊！哈哈。』」

窗外沒有芒草擋住視線，一道強光從對面的原野照射過來。

「為什麼白鷺鷥比較麻煩呢？」卡帕內拉似乎從剛才就很想問這個問題。

「是這樣的，要吃白鷺鷥的話……」捕鳥人把頭轉回來：「得先把它吊在天河的水光中靜置十天，不然就得埋在沙子裡三、四天，水銀完全蒸發後，才可以吃。」

「這根本不是鳥，只是一般的糖果對不對？」卡帕內拉鼓起勇氣問道，看樣子他和喬凡尼看法一樣。只見捕鳥人驚慌失措地說：「哎呀，我要在這裡下車！」一邊說著一邊站起來拿行李，轉眼就像煙一般消失了。

「跑到哪裡去了？」

兩人面面相覷，燈塔守衛笑得很玄，伸了個懶腰，望向兩人身旁的窗外。兩人隨著他的視線看過去，剛才那個捕鳥人不就正站在一大片泛著黃色與銀白色燐光的河岸邊，一臉認真地攤開雙手，靜靜地望著天空。

「他在那裡！真是個怪人，一定又要捕鳥了。要是鳥能在火車尚未開走的時候降落就好了。」話還沒說完，就有一大群剛才看到的白鷺鷥嘎嘎叫著，如下雪般成群結隊從原本空無一物的藍紫色天空翩然降落。只見捕鳥人開心地笑著，完全掩不住臉上的喜悅，雙腳打開六十度站著，雙手接連抓住白鷺鷥縮起來的黑色雙腳，裝進布袋裡。白鷺鷥有如螢火蟲般，在袋子裡一閃一閃地發出藍色光芒，最後閉上眼睛，變成白茫茫的一片。沒有被抓到，安然無恙地降落在天河砂石上的白鷺鷥比被抓住的還要多。只見那些白鷺鷥腳一接觸到沙地，就像雪花消融般，縮成扁扁的一片，沒多久又像從熔爐裡噴出來的銅漿，在沙子和小石頭上擴散開來，轉瞬間就變成鳥的形狀，顯現在沙地上。經過兩、三次忽明忽暗的光影變化後，便與其他砂石融為一體。

捕鳥人把抓到的二十隻白鷺鷥塞進袋子裡，舉起雙手，擺出士兵被子彈射死的姿勢。一眨眼，捕鳥人的身影又消失了。

「啊！真是痛快，再也沒有比能從事跟身體這麼契合的工作更幸福的事了。」喬凡尼身旁傳來熟悉的聲音，只見捕鳥人把抓到的白鷺鷥整理好，一隻一隻重疊在一起。

「為什麼你可以一下子就從那裡移過來？」喬凡尼百思不得其解地問了一個像是理所當然，又匪夷所思的問題。

「為什麼？想過來就過來啦！話說回來，你們又是從哪裡來的？」

喬凡尼本想馬上回答，卻怎麼也想不起自己是從哪裡來的，卡帕內拉也滿臉通紅地努力回想。

「算了，是從很遠的地方來的吧！」捕鳥人一副了然於心的樣子，不以為意地點點頭。

九、喬凡尼的車票

「我們馬上要離開天鵝區了。你們看，那就是有名的天鵝座貝塔星觀測站。」

望向窗外，四棟黑色的建築矗立在如煙火般的天河中，其中一棟的屋頂上有兩顆非常耀眼，由藍寶石和黃玉做成的透明球體，靜靜地繞著圈子轉來轉去。黃球慢慢地繞到對面，藍色的小球則逐漸向前，沒多久，兩顆球重疊在一起，形成美麗的綠色雙面凸透鏡，中央逐漸膨脹起來，最後藍球終於來到黃球正前方，形成一圈黃色亮光的綠色圓形。之後兩個球又慢慢地向旁邊錯開，透鏡形狀反轉過來，最後終於完全分開，藍球移到對面，黃色的小球則靠過來，一再地重複。萬籟俱寂中，黑色的觀測站靜靜地橫躺在銀河的懷抱中。

「那是用來測量水流速度的機器，水也……」捕鳥人的話才說到一半，戴著紅色帽子、高頭大馬的車掌直挺挺地站在三個人的座位旁邊：

「請出示車票。」

捕鳥人默默地從口袋裡掏出一張小紙片。車掌瞄了一眼，隨即把目光移開，扭動著手指，伸向喬凡尼的方向，彷彿是在問：「你們的車票呢？」

「那個……」正當喬凡尼手足無措時，卡帕內拉卻像沒事一樣拿出一小張灰色車票。喬凡尼這下子完全不知如何是好，心想會不會放在上衣口袋，手一伸進去，竟然摸到一大張摺起來的紙片。他心裡想著，口袋裡怎麼會有這種東西，連忙掏出來一看，是一大張綠色，對摺再對摺，大小跟明信片差不多的紙。列車掌還伸著手，喬凡尼只好不管三七二十一，抱著恐懼的心情，把那張紙交給他。沒想到列車長看到後立刻恭敬地立正站好，小心翼翼地打開，一邊看還一邊整理上衣的鈕釦，燈塔守衛也從下方好奇地窺探，喬凡尼內心有些激動，心想，那應該是什麼證明書吧。

「這是從三度空間帶來的嗎？」列車掌問他。

「我也不曉得這是什麼。」沒事了，喬凡尼鬆了一口氣，抬頭看著列車掌笑了起來。

「好！我們會在接下來的第三個時辰抵達南十字星。」列車掌把那張紙還給喬凡尼，走向另一頭。

卡帕內拉迫不及待地探過頭來，想知道那張紙片是什麼玩意兒。喬凡尼也想快點看清楚，但是那張紙只是印滿黑色蔓藤花紋，裡頭還有十幾個奇怪的字，一直盯著看的話，好像快被吸進去的感覺。這時，捕鳥人從旁邊瞥了那張紙一眼，驚慌失措地說：

「哎呀！不得了，這可是連天堂也去得成的車票。不只是天堂，是想去哪裡就可以去哪裡的通行證。原來如此，原來你拿著這玩意兒。別說是進入不完整的四度幻想空間，從銀河鐵道通往任何地方都可以。你們真是了不起！」

「我也搞不清楚是怎麼一回事……」喬凡尼紅著臉把那張紙摺好，放回口袋裡。因為實在太難為情了，只好跟卡帕內拉看著窗外，但隱隱約約感受到那個捕鳥人不時瞥過來「真了不起」的眼神。

「馬上就要到老鷹站嘍！」卡帕內拉比對著地圖和對岸並排的三個三角標說。

不知道為什麼，喬凡尼開始同情起身旁的捕鳥人。想起他因為抓到白鷺鷥高興得不得了，用白布把那些白鷺鷥一層一層地包起來、在一旁看見別人的車票，先是驚訝，接著連忙表示讚賞……想到這些，喬凡尼真想把自己身上帶的、所有可以吃的東西全部給他，喬凡尼願意為了這個萍水相逢的捕鳥人付出一切。只要能讓這個人得到真正的幸福，自己願意站在閃閃發光的天河河岸為他捕鳥，就算要站上一百年也無所謂。想到這裡，他再也無法保持沉默，正想問對方：「你真正想要的東西是什麼？」又覺得這個問題實在太唐突，正思考著該怎麼辦的時候，回頭一看，捕鳥人已經不見人影，連架上的白色行李也不見了。心裡想著，他是不是又跨著馬步站在窗外，抬頭望著天空，正準備捉白鷺鷥。喬凡尼急忙往窗外看去，卻只見一大片美麗的沙灘與白色芒草，遍尋不著捕鳥人寬闊的背膀和尖尖的帽子。

「那個人到哪兒去了？」卡帕內拉也愣愣地說。

「到哪裡去了呢？究竟還能在哪裡見到他？我為什麼不跟那個人多說兩句話呢？」

「對呀，我也這麼想。」

「我本來覺得那個人好囉嗦，但是現在好難過。」這是喬凡尼有生以來第一次有這麼奇怪的感覺，他記得自己從未說過這種話。

「怎麼會有蘋果的味道？是因為我正想著蘋果嗎？」卡帕內拉滿臉疑惑地東張西望。

「真的是蘋果的味道，還有野玫瑰。」喬凡尼望著四周，味道大概是從窗外飄進來的。現在是秋天，不可能聞到野玫瑰的花香，喬凡尼心想。

這時突然出現一個年約六歲，穿著紅色上衣，釦子沒有扣好，黑髮充滿光澤的男孩。他露出非常驚訝的表情，渾身哆嗦地光著腳丫子站著，身邊是個高大的青年，穿著工整的黑色西裝，挺拔的身影如櫸樹迎風而立，牢牢地牽著男孩子的手。

「咦？這裡是哪裡，好漂亮啊！」青年背後還有一個年約十二歲，穿著黑色的外套，一雙咖啡色的眼珠子非常可愛的小女孩。她挽著青年的手，一臉詫異地看著窗外。

「哦，這裡是蘭開夏。不對，是康乃迪克州。也不對……啊！我們來到天上了，我們正往天堂去。妳瞧，那個標誌就是天堂的符號，已經沒有什麼好怕的了，我們正受到天主的召喚。」穿著黑衣服的青年露出燦爛的笑容向那個女孩解釋。但不知為什麼，他的額頭刻劃著深深的皺紋，看起來似乎很累的樣子。他硬擠出笑容，讓小男孩坐在喬凡尼旁邊。

接著他面向小女孩，溫柔地指著卡帕內拉旁邊的座位。女孩順從地坐下，雙手緊緊交握。

「我想去姊姊那裡。」剛坐下的小男孩扮了個鬼臉，對著在燈塔守衛對面坐下的青年說道。青年露出難以言喻的悲傷表情，目不轉睛地看那孩子濕濕的鬈髮。女孩突然用雙手蒙著臉，抽抽搭搭地啜泣起來。

「爸爸和菊代姊還有很多事要做，但是很快就會追上我們的。先不說這個了，媽媽不知道已經等多久了，她肯定在想，我心愛的小正現在正在唱什麼歌，是否在下雪的早晨和大家手牽著手繞著院子裡的草叢玩耍，而且非常擔心地等著我們。還是快點去見媽媽吧！」

「嗯，要是沒搭船就好了。」

「對呀！不過你看，天空多美，還有那條壯麗的河，當我們整個夏天都在那裡休息，唱著『一閃一閃亮晶晶』的歌謠時，窗外看起來總是白茫茫的一片對吧？就是那裡喔！你瞧，很漂亮吧！閃閃發光的。」

原本還在哭的姊姊也用手帕擦乾眼淚，望著窗外。

青年又輕聲地向姊弟倆解釋：

「再也沒有什麼好傷心的了。這趟旅程是多麼地美好，接著就要到神的身邊，那裡光線明亮、氣味芬芳，有許多了不起的大人物，代替我們坐上船的人一定都會獲救，回到憂心忡忡地等待著他們的父母身旁或家裡。就快到了，打起精神來，快快樂樂地一路歡喜唱歌吧！」青年撫摸著小男孩濕漉漉的黑髮，安慰著大家，自己的臉色也逐漸煥發出光彩。

「你們是從哪裡來的，發生了什麼事？」剛才那位燈塔守衛好像終於嗅出一點端倪，開口問青年。青年微微一笑。

「沒什麼，就是撞上冰山，船沉了。這兩個孩子的父親因為有急事，兩個月前先回國，我們是後來才出發的。我是一個大學生，在他們家當家教。沒想到剛好就在第十二天，也就是這兩天，船撞上冰山，傾向一邊後開始往下沉。雖然還有一絲矇矇亮的月光，但霧實在太濃。因為救生艇的左舷已經壞了一大半，無法讓所有的人都上船。這時船已經快沉了，我拚命吆喝著讓孩子們上船，附近的人也都馬上讓開一條路，幫孩子們祈福。可是通往救生艇的地方還有很多小孩和他們的父母，我實在沒有勇氣推開他們。我也想過，對他們來說，就這樣和大家一起到天主的跟前，或許還比犧牲別人解救他們來得幸福一點，但是又覺得寧可由我一個人來承擔背棄天主的罪名，也要盡全力解救他們。可惜當時的情況根本不允許我那麼做，母親們發了瘋似的把孩子送上已經坐滿的救生艇，發了瘋似的與孩子吻別，父親則強忍悲痛地直挺挺站著，那畫面實在令人肝腸寸斷。由於船還不斷地下沉，我終於覺悟地抱著這兩個孩子，盡可能讓身體漂浮在水上，等待船沉沒。有人拋來一個救生圈，我卻沒能抓住，讓它漂走了。我拚了老命地拆下甲板上一格一格的木框，三個人緊緊地抓住。不知從哪裡傳來的聲音此起彼落，大家用各國語言，不約而同地歌唱。伴隨著一聲巨響，我們掉進水裡，正當我以為要捲進漩渦的時候，還好牢牢地抱住這兩個孩子，接著就失去意識，來到這裡。他們的母親前年去世了。救生艇上的人一定會獲救的，畢竟船上有老練的水手，一定可以迅速地遠離那艘下沉的船。」

周圍響起微弱的禱告聲，喬凡尼和卡帕內拉模模糊糊地想起很多過去遺忘的事情，眼眶一熱。

「啊，那片大海應該就是太平洋吧。在那座冰山流經的北極海上，有人正划著一艘小船，拚命地與凜冽的寒風、冰冷的潮水、刺骨的酷寒搏鬥著。我真的很同情那些人，也覺得很過意不去。我到底該怎麼做，才能讓那些人得到幸福呢？」喬凡尼低著頭，心裡鬱悶極了。

「我不曉得什麼才是真正的幸福，因為無論是多麼痛苦的事情，都是往正途前進的過程中必經的考驗，不管是上坡還是下坡，大家其實都正一步一步地靠近真正的幸福。」

燈塔守衛安慰他們。

「沒錯，就是這樣。為了得到最大的幸福，必須承受各種悲傷的考驗。」

青年祈禱似的回答。

那對姊弟累得靠在椅背上睡著了。小男孩剛才還光著腳丫子，不知何時已經穿上潔白柔軟的鞋子。

火車轟隆轟隆地在燐光閃閃的河畔前進。望向對面的窗外，原野就像幻燈片，除了成千上百個或大或小的三角標，還有大三角標上紅色的測量旗，在原野的盡頭連成一片，數量多到宛如銀白色霧靄。不知是從那裡，還是從更遠的前方不時地出現各種奇形怪狀、模糊不清的狼煙，陣陣升上瞬息萬變的藍紫色天空。晶瑩剔透的清風中，瀰漫著玫瑰的香氣。

「怎麼樣？你應該沒見過這種蘋果吧？」坐在對面的燈塔守衛小心翼翼地用雙手保護著膝蓋上紅色的鮮豔欲滴的大蘋果。

「哎呀，這是從哪裡來的？好大一顆。這一帶生產蘋果嗎？」青年大吃一驚，瞇起眼睛，側著頭，忘我地凝視著燈塔守衛雙手捧著的那一堆蘋果。

「拿去吃吧！不用客氣，儘管拿吧！」

青年拿了一個，看了喬凡尼他們一眼。

「那邊的兩位少爺，要不要也來點蘋果？拿去吧！」

被稱為少爺，喬凡尼有點生氣，默不作聲，卡帕內拉則說了聲謝謝。

於是青年遞給他們一人一個，喬凡尼也站起來道謝。

燈塔守衛終於空出雙臂，在睡著的姊弟膝上各放了一顆。

「謝謝你，這麼漂亮的蘋果產自哪裡呢？」

青年目不轉睛地盯著蘋果問道。

「這一帶當然也有人務農，而且有很好的收成，務農並不算是件苦差事，基本上只要播下自己想要的種子，自然而然就能恣意生長。就拿米來說好了，太平洋沿岸的稻米，既沒有稻殼，還大了十倍，香味也很迷人，但是你們來的那個地方已經沒有農業了。不管是蘋果，還是餅乾，就連一點點的渣滓也沒有，一切都變成淡淡的香味，從毛孔裡散發出來。」

小男孩突然睜開眼睛：

「啊，我剛才夢到媽媽了。媽媽住在有豪華櫥櫃和書本的地方，她看著我伸出手來，笑咪咪的！我跟媽媽說，去幫她撿蘋果來，就醒過來了。這裡是剛才那輛火車嗎？」

「你說的蘋果就在這裡，是這位叔叔給你的喔。」青年告訴他。

「謝謝叔叔。咦？小薰姊姊還在睡嗎，我來叫醒她吧。姊，妳看，有人給我們蘋果喔，妳起來看看。」

姊姊笑了，用雙手遮住光線，看著蘋果。小男孩吃起蘋果來，連特地削掉的美麗果皮也一圈一圈地圍成開瓶器的形狀，還沒來得及落在地上，就發出灰色的光芒，蒸發在大氣中。

喬凡尼和卡帕內拉小心翼翼地把蘋果放進口袋裡。

下游的對岸有一片鬱鬱蔥蔥的森林，枝椏上結滿了已經成熟、發出紅光的圓形果實，高高的三角標巍峨高聳在那座森林的正中央，從森林裡傳出夾雜著鐘琴和木琴的音色，乘著薰人欲醉的風傳送過來，美妙得不知該如何形容。

青年猛然一驚，身體微微顫抖。

靜靜地聆聽那個旋律，感覺就像有一整片黃色和淺綠色的明媚原野或地毯在眼前展開，還有雪白如蠟的露水拂過太陽的表面。

「啊，那隻烏鴉。」卡帕內拉身旁那個名叫小薰的女孩輕呼。

「那不是烏鴉，那些全都是喜鵲。」卡帕內拉又不經意地以罵人般的語氣大喊，讓喬凡尼不自覺地笑開懷，女孩則害羞得無地自容。一大群又一大群黑色的鳥兒聚集在河岸的銀白色微光上，停成一排，動也不動地沐浴在河流的微光裡。

「真的是喜鵲，後腦勺的毛都翹起來了。」青年像是要打圓場地說。

對面翠綠森林裡的三角標已經逼近到火車的正前方。這時，從火車遙遠的後方傳來那首熟悉的讚美歌，聽起來像是很多人在合唱。青年臉色大變，原本想要過去那邊，卻又改變心意，坐了下來。女孩把手帕蓋在臉上，連喬凡尼都覺得鼻子酸酸的。但不知從何時開始，也不知誰開始唱起了那首歌，歌聲越來越大。喬凡尼和卡帕內拉也情不自禁地跟著吟唱起來。

橄欖綠的森林在看不見天河的另一邊發出令人潸然淚下的光芒，一寸一寸地往後方漸行漸遠，從那裡傳來的樂器聲也被火車的轟然巨響及風聲蓋過，變得很微弱。

「啊！有孔雀。」

「對呀，好多喔。」女孩附和。

喬凡尼看見孔雀的羽扇正一開一闔地反射著光線，變得好小好小，在儼然成為綠色貝殼鈕釦的森林上方變成銀白色。

「我剛才還聽見孔雀的聲音。」卡帕內拉告訴小女孩。

「嗯，大概有三十隻左右吧。那些聽起來像豎琴的聲音其實都是孔雀的叫聲喔。」小女孩回答。

喬凡尼突然什麼話也說不出來，只是覺得寂寞。他臉色一變，差點脫口而出——卡帕內拉，我們下車去玩吧！

河流分成兩邊。有一座高高的樓臺在那座漆黑島嶼的正中央，一個男人穿著寬鬆的衣服，戴著紅色的帽子站在高臺上，雙手拿著紅藍兩色的旗子，抬頭望著天空打信號。喬凡尼看見那人原本不斷地揮舞著紅旗，卻突然放下，藏到身後，將藍旗高高地舉起用力地揮舞著，簡直像是交響樂團的指揮家。同時，空中響起彷彿傾盆大雨般的聲音，某些烏漆抹黑的東西一塊一塊又一塊地如子彈般射向河流。喬凡尼忍不住將身體探出車窗。原本空無一物，美得令人屏息的藍紫色天空下，有好幾萬隻小鳥成群結隊地爭相啼叫著匆匆飛過。

「鳥飛過去了。」喬凡尼在窗外說道。

「我瞧瞧。」卡帕內拉也看著天空。這時，站在那座高臺上，穿著寬鬆衣服的男人突然舉起紅旗，瘋狂地揮舞著。鳥群頓時不再飛過，下游的方向傳來啪的一聲巨響，接著是一陣死寂。還來不及反應過來，那個戴著紅帽子的搖旗手又開始揮舞著藍旗大喊：

「候鳥們，就是現在，快通過吧！候鳥們，就是現在，快通過吧！」

他的聲音聽起來非常清晰。接著，又有好幾萬隻鳥成群結隊地從空中直線地飛過。那個女孩從兩人之間探出頭去仰望著天空，臉頰散發美麗的光澤。

「哇！好多鳥啊！天空好美！」女孩對喬凡尼說著，喬凡尼卻覺得這個小女孩口氣真不小，真討人厭，於是一言不發地抿著嘴，抬頭仰望著天空。女孩輕輕地嘆了一口氣，默默地回座位。卡帕內拉一臉同情地從窗外縮回來，看著地圖。

「那個人是在教小鳥該怎麼做嗎？」女孩低聲問卡帕內拉。

「他是在給候鳥打信號，可能是為了要在哪裡點燃狼煙吧。」卡帕內拉有些含糊地回答。接著車廂裡安靜了下來。喬凡尼雖然也想把頭縮回來，但是把臉朝向明亮的地方又很痛苦，只好默默忍耐，繼續站著，吹起口哨。

「我為什麼會這麼悲傷呢？我的心胸應該要更純淨、更開闊才行。那個岸邊更遙遠的地方依稀可見一小簇輕煙般的藍色火光，那火光真的好安靜也好冰冷。我要把那玩意兒看個仔細，讓心情平靜下來。」喬凡尼用雙手按住又熱又痛的頭，看著那個方向。「唉，真的沒有人要跟我一起去天涯海角嗎？卡帕內拉居然和那個女孩聊得那麼開心，我真的好難過。」喬凡尼熱淚盈眶，天河看起來白茫茫的一片，彷彿距離自己很遙遠。

火車慢慢地離開河流，從懸崖上通過。對岸的黑色山崖也隨著越往下游變得越來越高。高大的玉米樹從車窗外一閃而過。葉子一圈一圈地縮起來，葉片底下有綠色花苞，花苞上長出紅鬚，隱約可見珍珠般的果實。玉米樹越來越多，在懸崖與鐵軌間長成一排，喬凡尼把頭從窗口縮回來，望向另一側的窗外。朝向美麗天空的原野地平線盡頭長滿巨大的玉米樹，在微風中輕輕搖擺，壯觀的蜷縮葉子尖端沾滿露珠，宛如白天吸收了充足陽光的鑽石，閃耀著紅色和綠色，彷彿野火燎原般的光芒。卡帕內拉問喬凡尼：「那是玉米吧？」喬凡尼的心情還是十分低落，依舊看著原野，淡淡地說：「大概是吧！」這時火車開始慢慢地減速，經過幾個號誌燈和轉轍器後，停靠在一個小小的車站裡。

車站正前方的白色時鐘分秒不差地指著第二個時辰，火車也已經靜止不動，萬籟俱寂的原野中，滴答滴答地刻劃出正確的時間。

在那個鐘擺滴滴答答的聲音間隙中，有股細微再細微的旋律如絲綴般，從遙遠的原野盡頭傳來。「是〈新世界交響曲〉。」姊姊自言自語地輕聲說道。車廂裡的所有人，包括那個穿著黑衣服的高大青年全都墜入了溫柔的夢鄉。

「在這麼安靜美好的地方，我為什麼不能開心一點呢？為什麼會感到如此孤單寂寞？卡帕內拉太過分了，跟我一起搭火車，卻只和那個女生聊天。我真的好難過。」

喬凡尼又把臉埋在雙手間，凝視著對面的車窗。清澈的汽笛聲響起，火車靜靜地開動，卡帕內拉也一臉落寞地以口哨吹起〈星星之歌〉。

「啊，這裡已經是高原了。」後面傳來老人的聲音。老人似乎剛醒來，精神飽滿地說著。

「玉米如果不先用木棍挖出兩尺深的洞再埋進土裡，是長不出來的。」

「這樣啊，這裡離河還有一大段距離吧。」

「沒錯沒錯，距離河流還有兩千尺到六千尺吧，簡直是深不見底的峽谷。」

這裡不就是科羅拉多高原嗎？喬凡尼心想。卡帕內拉則繼續一個人寂寥地吹著口哨，小女孩的臉龐宛如絲綢包起來的蘋果，順著喬凡尼的視線望向遠方。突然，玉米消失了，眼前變成一望無際的黑色原野。〈新世界交響曲〉終於從地平線的盡頭清清楚楚地傳來，有個印第安人站在那片漆黑的原野中，頭上插著天鵝的羽毛，手臂和胸膛裝飾著石頭，把箭架在小巧的弓上，邁開飛毛腿追著火車。

「哎呀！是印第安人，是印第安人，快看。」

穿著黑衣服的青年也睜開雙眼。喬凡尼和卡帕內拉同時站了起來。

「他跑過來了，看啊！他跑過來了。是在追火車吧？」

「不是，他不是在追火車！他是在打獵，不然就是在跳舞。」青年彷彿忘了身在何處，把手插進口袋，站著回答。

印第安人看起來的確有點像在跳舞。首先，如果是在追火車，腳步應該更有效率、更認真。冷不防，那根白色的羽毛突然往前傾，印第安人停下腳步，朝天空射箭。只見一隻鶴失去重心，翩然落下，掉進又開始往前跑的印第安人大大張開的雙手中。印第安人看起來很高興，露出了笑容。捧著那隻鶴的身影在他們眼中越來越小、越來越遠。電線杆的絕緣電瓶連著兩次發出閃爍的光芒，然後又變成玉米林。從這一側的窗戶看出去，火車奔馳在高高的懸崖上，寬廣又明亮的河流流經谷底。

「沒錯，從這一帶要開始下坡了。要一口氣降到水面上談何容易。因為這裡的坡度太陡，火車絕對無法從那邊開過來。看吧！速度越來越快了。」好像是剛才那位老人的聲音。

火車轟隆轟隆地下降，行駛到懸崖邊緣的鐵軌上時，眼前出現波光瀲灩的河流。喬凡尼的心情逐漸開朗起來。當火車通過小屋前，只見有個小孩孤零零地望向這裡，害他忍不住喊叫起來。

火車轟隆轟隆地疾馳而去。車廂裡有一半的人差點往後倒，全部的人都緊緊地抓住座椅。喬凡尼與卡帕內拉相視而笑，天河像洶湧的河水般氣勢萬鈞地流到火車旁邊，閃閃發光奔騰而來。淡紅色的河原開滿了石竹花，火車的速度終於放慢下來，緩緩地行駛著。

兩邊的岸上都插著描繪有星星形狀和鐵鍬的旗幟。

「那是什麼旗子啊？」喬凡尼好不容易才擠出這句話。

「我也不曉得，地圖上也沒有。還有用鐵打造的船呢！」

「對呀。」

「是不是在架橋？」女孩問道。

「對了，那是工兵的旗子，是在進行架橋演習。可是沒看到軍隊。」

這時，肉眼看不見的天河之水閃爍著微光，在靠近對岸比較下游的地方高高地噴出水柱，發出轟然巨響。

「爆炸了！爆炸了！」卡帕內拉手舞足蹈地說。

待那擎天水柱消失在視線範圍之內，鮭魚和鱒魚紛紛露出閃閃發光的魚肚白，被拋到空中，勾勒出一個圓弧形，再掉回水中。喬凡尼的心情飄飄然得快要飛起來了。

「是天空的工兵團。如何，沒想到鱒魚會跳得那麼高吧，我從來沒有享受過這麼愉快的旅行，真是痛快。」

「近看的話，那條鱒魚大概有這麼大吧，水裡有好多魚啊！」

「也有小魚吧？」女孩加入他們的話題。

「有吧！既然有大魚，自然也會有小魚，可是距離太遠了，現在還看不到小魚。」喬凡尼的心情完全恢復正常，開開心心地笑著回答女孩。

「那一定是雙子星王子的宮殿。」小男孩突然指著窗外大喊。

只見右手邊的低矮丘陵上並排著兩座像是用水晶打造的小型宮殿。

「什麼是雙子星王子的宮殿？」

「我以前聽媽媽說過好幾次，剛好是兩座像是用水晶打造的小型宮殿排排站，一定沒錯。」

「那你倒是說說看，雙子星王子怎麼樣了？」

「這我知道，雙子星王子去原野玩的時候，和烏鴉吵架了對吧。」

「才不是那樣，那個啊……天河的岸上啊……媽媽跟我說的是……」

「然後彗星就發出咿咿呼咿咿呼的聲音撞過來了。」

「討厭啦！小正，才不是那樣呢，那是別件事啦！」

「然後現在正在那邊吹笛子對吧？」

「現在去海裡了。」

「才不是，已經從海裡上來了喔！」

「沒錯沒錯，我知道啦！我來說好了……」

天河對岸突然轉紅。楊柳樹之類的樹木一片漆黑，肉眼看不見的天河波光蕩漾，隱隱約約地發出細細的紅光。對岸的原野被熊熊燃燒的紅色烈焰吞沒，濃煙都快把看起來清涼如水、秋高氣爽的藍紫色天空燒焦了。那把火持續燃燒，變得比紅寶石還紅、比晶瑩剔透的鋰還美，令人陶醉。

「那是什麼火啊？燒什麼才能燃燒出那麼紅又那麼亮的火呢？」喬凡尼說。

「是蠍子的火啦！」卡帕內拉盯著地圖回答。

「啊，如果是蠍子的火，我知道喔！」

「蠍子的火怎麼了？」喬凡尼問道。

「蠍子是被火燒死的，我聽爸爸講過很多遍，那把火到現在都還沒熄滅。」

「蠍子是昆蟲吧？」

「沒錯，蠍子是昆蟲，不過是好的昆蟲。」

「蠍子才不是好的昆蟲呢，我在博物館裡看過泡在酒精裡的蠍子。尾巴有像這樣的鉤子，老師說被鉤子螫到就會死掉。」

「是沒錯，但蠍子還是好的昆蟲，我爸是這麼說的。以前在巴魯多拉原野上有一隻蠍子，靠吃小蟲維生。有一天，鼬鼠發現蠍子，差點吃掉蠍子的時候，蠍子拚命逃跑，眼看著就要被鼬鼠抓住，前方突然出現一口井，蠍子掉進去，而且怎麼都爬不上來，眼看就要淹死了。這時，聽說蠍子是這麼祈禱的——

『啊！我這輩子不曉得奪走了多少生命，這次換我就快被鼬鼠抓住了，我雖然拚命逃跑，最後還是落得這樣的下場。一切都完了，我為什麼不乖乖把身體獻給鼬鼠呢？這麼一來，鼬鼠也可以多活一天。上帝啊！請體察我的心意。不要讓我就此枉送性命，下次轉生的時候，請用我的身體讓大家幸福。』

蠍子是這麼說的。於是不知道什麼時候，蠍子發現自己的身體變成一團鮮紅美麗的火苗燃燒著，照亮了黑夜。我爸說那把火到現在都還沒熄滅，這一定就是那團火焰。」

「沒錯。看啊！那邊的三角標剛好排成蠍子的形狀。」

喬凡尼看見那團大火的另一頭有三個三角標，像蠍子的手臂，另外五個三角標則排列成蠍子的尾巴和鉤子。那團鮮紅美麗的蠍子之火正無聲地燃燒著，光可鑑人，亮如白晝。

隨著那團火逐漸落到後方，在一陣花草香氣中，所有的人都聽見各式各樣熱鬧的不可開交的音樂，彷彿口哨聲以及人們竊竊私語的交談聲。感覺就像是快進城了，城裡好像有什麼慶祝活動似的。

「半人馬座，降下露水來。」坐在喬凡尼旁邊，剛才還在睡覺的小男孩突然看著對面的窗外大叫。

啊！那裡豎立著如聖誕樹般翠綠的雲杉和樅樹，樹上掛著許許多多的小燈泡，彷彿聚集了上千隻螢火蟲。

「對了，今晚是半人馬座節呢！」

「沒錯，這裡是半人馬座的村子。」卡帕內拉接著說。（以下原書缺漏）

「如果玩投球的話，我是絕對不會輸的。」小男孩得意洋洋地說。

「就快到南十字星站了，請準備下車。」青年對大家說。

「我還要再多坐一下火車。」小男孩說。

坐在卡帕內拉旁邊的女孩手忙腳亂地站起來，開始整理行李，但她似乎也不想和喬凡尼他們分開。

「一定要在這裡下車。」青年緊抵著雙唇，低頭看著小男孩。

「不要。我還要再多坐一下火車。」

喬凡尼忍不住開口：「跟我們一起坐火車去吧！我們有可以坐到天涯海角的車票。」

「可是我們必須在這裡下車，因為這裡是通往天堂的地方。」女孩一臉落寞地說。

「不去天堂也沒關係吧，老師說過，我們必須在這裡創造出比天堂更好的地方。」

「可是媽媽已經先過去了，而且天主都這麼說了。」

「那種神是騙人的吧？」

「你的神才是騙人的。」

「才不是。」

「那你的天主是哪種呢？」青年笑著說。

「我其實也不太清楚，可是祂的確是獨一無二的真神。」

「真神當然是獨一無二的。」

「沒錯，無庸置疑就是獨一無二、如假包換的真神。」

「剛剛不是說了嗎，我祈禱有一天，你們會在那位真神面前與我們相會。」青年畢恭畢敬地雙手合十，女孩也是。大家依依不捨，臉色都有些蒼白。喬凡尼快放聲大哭了。

「準備好了嗎？馬上就到南十字星站了。」

這個時候，天河遠處出現一座散發藍色、橘色等各色光芒的十字架，像棵樹般直立在河裡，閃閃發光，十字架上還有銀白色雲霧形成的光環。火車上掀起一陣騷動，大家跟北十字星出現的時候一樣，開始站立祈禱。四處都可以聽見孩子們歡天喜地的喧譁聲，以及難以形容的嘆息聲。十字架逐漸來到窗戶的正前方，宛如蘋果果肉般的白色光環看起來也正輕飄飄、慢慢地旋轉著。

「哈利路亞，哈利路亞……」大家都發出歡樂的聲音，從冰冷遙遠的天空傳來清澈透明的悠揚喇叭聲，火車的速度在大量的號誌燈和電燈的光線中逐漸放慢下來，終於完全停妥在十字架正對面。

「好了，要下車嘍！」青年牽著小男孩的手，一步一步地往出口移動。

「再見了。」女孩回頭對喬凡尼和卡帕內拉說。

「再見。」喬凡尼生悶氣地說著，口氣很衝，其實心裡拚命忍著不要哭出來。女孩非常痛苦地張大眼睛，再次回過頭看一眼就默默地走了。火車空出一半的座位，空蕩蕩地顯得很冷清，風肆無忌憚地吹進來。

仔細一看，所有人都畢恭畢敬地排成一列，跪在那座十字架前的天河水邊。隔著天河之水，兩人看見有個白衣人張開手往這邊過來。就在此時，笛聲響起，火車開動了。銀色的霧從下游一湧而上，接著就什麼也看不見了，只剩許多胡桃樹佇立在那片霧裡，葉子燦亮生輝，有金黃色光環的電動松鼠從霧裡露出可愛的臉。

霧氣倏地消散，不知通往何處的街道上亮著一排微弱的燈光。那條路沿著鐵軌往前延伸了好長一大段。兩人經過那排燈光前，微弱的豆沙色燈光就像在跟他們打招呼似的，啪的一聲熄滅了，待兩人走遠之後，才又亮了起來。

回頭張望，剛才的十字架變得好小好小，彷彿可以直接拿來掛在胸前。一切如夢幻般，分不清剛才的女孩及青年等人是否還跪在十字架前的白色沙洲上，還是已經到了不知是哪個方位的天上。

喬凡尼深深地嘆了一口氣。

「卡帕內拉，又只剩下我們兩個了，我們一起到天涯海角吧！如果真的能讓大家得到幸福，就算要我像那隻蠍子受盡烈焰焚身的痛苦也在所不惜。」

「嗯，我也一樣。」卡帕內拉眼眶裡浮現出淚水。

「可是，到底什麼才是真正的幸福呢？」喬凡尼說。

「我也不知道。」卡帕內拉茫然地回答。

「我們辦得到嗎？」喬凡尼邊說邊深呼吸，感覺心裡充滿了新的力量。

「啊！那裡是煤袋星雲喔，就像天空的洞！」卡帕內拉有些畏怯地指著天河某處。喬凡尼看過去，嚇了一跳。天河的某個角落真的開了一個大洞。任憑他再怎麼揉眼睛，再怎麼試圖窺探，都無法看穿那個洞究竟有多深，裡頭到底有什麼東西，只覺得眼睛隱隱作痛。

「就算要置身在巨大的黑暗中，我也不害怕了。我要找到人們真正的幸福。無論在哪裡，我們都要一起去。」喬凡尼說。

「好，我們一起去。對了，那邊的原野一定很漂亮吧，大家都聚在一起，肯定是真正的天上。啊！我媽在那裡。」卡帕內拉突然指著窗外遠方隱約可見的原野大喊。

喬凡尼跟著望過去，只看到一圈朦朦朧朧的白霧，不了解卡帕內拉在說什麼。他感覺一股難以言喻的悲傷，悵然若失地望著，只見兩根電線桿豎立在對面的河岸，中間橫著一根紅木，就像手牽手般。

「卡帕內拉，我們要一起去喔！」喬凡尼說著，但是回頭一看，卡帕內拉的座位上沒有半個人影，只剩下天鵝絨兀自閃亮。喬凡尼像子彈似的彈了起來，為了不讓別人聽見，他把身體探出車窗外，聲嘶力竭地扯著嗓子吶喊，接著放聲大哭。世界彷彿陷入一片黑暗。

喬凡尼睜開雙眼，發現自己躺在草地上，原來他累得睡著了。他的內心非常激動，冰冷的淚水順著臉頰流下。

喬凡尼像彈簧似的跳了起來。小鎮亮著燈火，但是不知道為什麼，似乎比剛才更輝煌。剛才在夢裡走過的天河還是跟先前一樣白茫茫一片，南方漆黑的地平線上則變得更加模糊難辨，右手邊是天蠍座，紅色的星星閃爍著美麗的光芒，整個天空裡星星的位置似乎沒有什麼太大的改變。

喬凡尼一口氣跑下山丘，滿腦子都是還餓著肚子等他回去的母親。穿過黑暗的松林，再繞過雪白的牧場柵欄，從剛才的入口又來到陰暗的牛舍前。裡面好像有人回來了，一輛剛才還沒看見的車子停在那裡，車上載著兩個不曉得裝了什麼的木桶。

「晚安。」喬凡尼喊了一聲。

「來了。」有個穿著寬管白長褲的人迎了出來。

「請問有什麼事嗎？」

「我們家今天沒有收到牛奶。」

「啊！真對不起。」那個人走進屋裡拿出一瓶牛奶遞給喬凡尼，「真的很對不起，今天下午一時大意，忘記把小牛的柵欄關好，老闆跑到母牛那裡查看，發現小牛已經喝掉了一大半的牛奶……」那個人笑著解釋。

「原來是這樣，那我先回去了。」

「好的，真是非常抱歉。」

「沒關係。」

喬凡尼把溫熱的牛奶捧在手掌心裡，離開牧場。

穿過林蔭大道，又繼續走了好一會兒，來到十字路口，右邊的大橋在剛才卡帕內拉他們要去放王瓜燈的河流上，高臺靜靜地矗立在夜空中。

約莫七、八個女人聚集在十字路口和店門前，望著橋的方向，不知在交頭接耳談論些什麼。橋上也聚集了許多燈光。

不知道為什麼，喬凡尼突然心裡涼了一半，對著旁邊的人大叫：「發生了什麼事？」

「有一個小孩子掉進水裡。」其中一人說道，其他人不約而同地望向喬凡尼。喬凡尼衝向那座橋。橋上滿滿都是人，根本看不到河面，就連穿著白衣的警察都出動了。

喬凡尼飛也似的跳下橋墩，跑到寬廣的河岸。

沿著岸邊有一大堆燈光忙著上上下下地探照著，對岸陰暗的堤防上也有七、八盞燈光。河的正中央已不見王瓜燈的蹤影，灰色的河水發出微弱的流水聲，靜靜地流過。

有塊類似沙洲的地方往河岸的下游凸出，人們聚集在那邊，黑壓壓地站成一片。喬凡尼加快腳步跑過去，沒想到竟然遇到剛才還和卡帕內拉在一起的馬爾梭。馬爾梭衝向喬凡尼。

「喬凡尼，卡帕內拉掉進河裡了。」

「怎麼會這樣，什麼時候發生的事？」

「札內利想要從船上把王瓜燈往水流的方向推，船晃動了一下，他就掉進水裡。卡帕內拉馬上跳進水裡救他，把札內利推向船邊。札內利抓住加藤，可是已經看不見卡帕內拉了。」

「大家都去找了嗎？」

「是的，大家很快就來了，卡帕內拉的父親也來了，可是還是沒找到。札內利已經被帶回去了。」

喬凡尼走向大家都在的地方。卡帕內拉的父親被學生們和鎮上的人團團圍住，穿著黑色的衣服，下巴都是鬍碴，直挺挺地站著，盯著右手抓著的錶。

大伙兒目不轉睛地注視著河面，沒有人開口說一句話。喬凡尼的心臟撲通撲通跳著，雙腿抖個不停。他看到很多捕魚時用的燈來回穿梭，黑色的河水泛著微微的波光不停地流逝。

巨大的銀河映照在下游河面上，要是沒有水的話，看起來簡直就跟天空沒兩樣。

喬凡尼內心深深的感覺到卡帕內拉已經到了銀河的另一頭，而他卻束手無策。

但是大家似乎還深信卡帕內拉會從某個波浪間冒出來說：「我游了好久。」或者是站在哪個無人知曉的沙洲上，等別人去找他。此時，卡帕內拉的父親卻毅然決然地說：

「距離落水已經超過四十五分鐘，沒希望了。」

喬凡尼忍不住想衝到博士面前，告訴他：「我知道卡帕內拉去了哪裡，我剛才還和他在一起。」博士或許以為喬凡尼是來打招呼的，盯著喬凡尼看了好一會兒，客氣地說：「你是喬凡尼吧？今天晚上謝謝你了。」

喬凡尼什麼話也沒說，只是行了個禮。

「你爸爸回來了嗎？」

博士緊緊地握著手錶問他。

「還沒。」喬凡尼輕輕地搖頭。

「怎麼會，我明明前天收到他的來信啊！信中說他很好，應該快到家了才對呀！是船誤點了嗎？喬凡尼，明天放學後和大家一起來我家吧。」

博士說話時再度望著倒映著滿天星斗的河面。

喬凡尼百感交集，一句話也說不出來，只好從博士的面前走開，一心想著得快點把牛奶帶回去給媽媽，順便告訴她爸爸要回來的好消息。於是他頭也不回地沿著河岸奔向鎮上。

愛經典 002

銀河鐵道之夜

銀河鉄道の夜

作者：**宮澤賢治**｜譯者：緋華璃｜出版者：愛米粒出版有限公司｜地址：台北市 10445 中山北路二段 26 巷 2 號 2 樓｜編輯部專線：（02）25622159｜傳真：（02）25818761｜【如果您對本書或本出版公司有任何意見，歡迎來電】｜總編輯：莊靜君｜校對：金文蕙．黃薇霓｜內文美術：王志峯｜印刷：上好印刷股份有限公司｜電話：（04）23150280｜初版：二〇一六年（民 105）二月十日｜二刷：二〇一八年（民 107）二月一日｜定價：160 元｜總經銷：知己圖書股份有限公司｜郵政劃撥：15060393｜（台北公司）台北市 106 辛亥路一段 30 號 9 樓｜電話：（02）23672044／23672047｜傳真：（02）23635741｜（台中公司）台中市 407 工業 30 路 1 號｜電話：（04）23595819｜傳真：（04）23595493｜法律顧問：陳思成｜國際書碼：978-986-96012-3-8｜CIP：861.57／106025240｜

因為閱讀，我們放膽作夢，恣意飛翔。在看書成了非必要奢侈品，文學小說式微的年代，愛米粒堅持出版好看的故事，讓世界多一點想像力，多一點希望。

愛米粒出版
Emily

廣	告	回	信
台北郵局登記證			
台北廣字第04474號			

平　　信

To：愛米粒出版有限公司　收

地址：台北市10445中山區中山北路二段26巷2號2樓

＊請沿虛線剪下，對摺裝訂寄回，謝謝！

當讀者碰上愛米粒

姓名：＿＿＿＿＿＿＿＿ □男／□女：＿＿＿歲

職業／學校名稱：＿＿＿＿＿＿＿＿

地址：＿＿＿＿＿＿＿＿

E-Mail：＿＿＿＿＿＿＿＿

＊請沿虛線剪下，對摺裝訂寄回，謝謝！

- **書名：**銀行鐵道之夜
- **這本書是在哪裡買的?**

a.實體書店 b.網路書店 c.量販店 d. __________

- **是如何知道或發現這本書的?**

a.實體書店 b.網路書店 c.愛米粒臉書 d.朋友推薦 e.____________

- **為什麼會被這本書給吸引？**

a.書名 b.作者 c.主題 d.封面設計 e.文案 f.書評 g.____________

- **對這本書有什麼感想？有什麼話要給作者或是給愛米粒？**

※ 只要填寫回函卡並寄回，就有機會獲得神祕小禮物！

讀者只要留下正確的姓名、E-mail和聯絡地址，
並寄回愛米粒出版社，即可獲得晨星網路書店$30元的購書優惠券。
購書優惠券將mail至您的電子信箱（未填寫完整者恕無贈送！）

得獎名單將公布在愛米粒Emily粉絲頁面，敬請密切注意！
愛米粒Emily: https://www.facebook.com/emilypublishing

愛米粒出版有限公司
Emily Publishing Company, Ltd.